Los bibliotecarios

Laura K. Murray

semillas del saber

CREATIVE EDUCATION • CREATIVE PAPERBACKS

Publicado por Creative Education y Creative Paperbacks
P.O. Box 227, Mankato, Minnesota 56002
Creative Education y Creative Paperbacks son marcas editoriales de The Creative Company
www.thecreativecompany.us

Diseño de Ellen Huber
Producción de Grant Gould
Dirección de arte de Rita Marshall
Traducción de TRAVOD, www.travod.com

Fotografías de Alamy (Bob Daemmrich, Guerilla, imageBROKER, Montgomery Martin, Steve Skjold, Wavebreak Media ltd), Getty (Andersen Ross Photography, Hill Street Studios, Maskot, Wavebreakmedia Ltd), iStockphoto (clu, diignat, FatCamera, harmpeti, MeryVu, urfinguss, Wavebreakmedia Ltd), Shutterstock (Atovot, donatas1205, SofikoS)

Library of Congress Cataloging-in-Publication Data. Names: Murray, Laura K., 1989- author. Title: Los bibliotecarios / Laura K. Murray. Other titles: Librarians. Spanish. Description: First edition. | Mankato, Minnesota : Creative Education, [2023] | Series: Semillas del saber | Includes bibliographical references and index. | Audience: Ages 4-7 | Audience: Grades K-1 | Summary: "Early readers will learn librarians have fun programs for kids. Full color images and carefully leveled text highlight what librarians do, where they work, and how they help the community."-- Provided by publisher. Identifiers: LCCN 2022007340 (print) | LCCN 2022007341 (ebook) | ISBN 9781640267060 (library binding) | ISBN 9781682772621 (paperback) | ISBN 9781640008472 (ebook). Subjects: LCSH: Librarians--Juvenile literature. | Libraries--Juvenile literature. Classification: LCC Z682 .M86418 2023 (print) | LCC Z682 (ebook) | DDC 020.92--dc23/eng/20220422

TABLA DE CONTENIDO

¡Hola, bibliotecarios!

Los bibliotecarios trabajan en la biblioteca.

Ayudan a la gente a encontrar libros, revistas, películas, música y otras cosas.

Algunos bibliotecarios trabajan en la biblioteca de alguna escuela.

Otros, trabajan en la biblioteca de alguna ciudad.

Todos pueden ir allí.

Los bibliotecarios pueden trabajar en una biblioteca rodante. ¡Es una biblioteca sobre ruedas! Viaja de un lugar a otro.

SAINT PAUL
PUBLIC
LIBRARY
www.sppl.org
THE FRIENDS
of the
SAINT PAUL PUBLIC LIBRARY
Bookmobile
Let your imagination soar.

La gente usa una credencial de la biblioteca para **sacar en préstamo** libros y otros materiales.

Después, los devuelven. Los bibliotecarios llevan el registro de todo eso.

Los bibliotecarios ayudan a la gente a encontrar información.

Te ayudan con las computadoras y la investigación. Encuentran libros y audiolibros.

Los bibliotecarios les leen libros a los niños. Les cuentan cuentos. Dirigen programas divertidos.

¡Gracias, bibliotecarios!

Visualiza a un bibliotecario

computadora
escáner
escritorio

Palabras para saber

audiolibro: grabación de una persona leyendo un libro en voz alta

investigación: juntar información

programas: eventos o espectáculos

sacar en préstamo: pedir prestado

Índice